Cómo esconder un león a la abuela

Helen Stephens

blok

B DE BLOK

Había una vez un león que vivía con una niña llamada Iris.
El león era muy valiente y simpático, y había evitado
que unos ladrones se llevaran los mejores
candelabros del alcalde.

Era el héroe de la ciudad.
Iris lo quería muchísimo.

Un día los padres de Iris llamaron a la abuela para que se quedara un fin de semana en casa, mientras ellos se iban de viaje. Tenían que esconder el león, porque, si la abuela lo veía, a lo mejor se ponía un poco nerviosa.

Pero ¿dónde?

¿Detrás de las cortinas?

¿Debajo de la cama de la abuela?
¡Era un problema peliagudo!

Iris quería mucho a su abuela, que siempre traía cosas interesantes. Esta vez llegó con un baúl más que **grande: ¡enorme!**

—Son solo unos sombreros y otras cosillas —dijo la abuela.

—Pues sí que **pesan** esos sombreros y esas cosillas —protestaron los padres de Iris mientras subían el baúl a la habitación de la abuela.
En cambio, Iris estaba muy contenta.
—¿Podremos disfrazarnos? —preguntó.

—Ya veremos —contestó la abuela, que no se fijó en el león porque pensó que era un perchero.

BIENVENIDOS

Al final resultó muy fácil esconder al león para que la abuela no lo viera, porque era bastante corta de vista. Primero lo confundió con una lámpara.

Luego pensó que era una toalla.

Después lo tomó
por un sofá.

Ni siquiera se dio cuenta cuando el león las acompañó a hurtadillas hasta el supermercado.

—¡Ah, atún! —dijo la abuela, y metió veintidós latas en el carrito. Luego añadió cuarenta y tres botellas de leche, dos docenas de barras de pan, quince manojos de plátanos, cincuenta y siete tarros de miel y cuarenta frascos de mermelada.

—¡Qué montón de comida! —exclamó Iris.

La abuela le dijo que, a veces, por la noche, le entraba el gusanillo.

Cuando iban en el autobús de vuelta a casa, Iris preguntó si cuando llegaran podrían jugar a disfrazarse con la ropa del baúl.

—Ya veremos —contestó la abuela.

Al final no hubo tiempo para disfraces,
porque la abuela se pasó mucho rato preparando
montañas de bocadillos.

—Es que me gusta picar
algo cuando me voy a
dormir —dijo, y se llevó
una bandeja repleta
a su habitación.

Más tarde, cuando Iris ya tendría que estar durmiendo, oyó unos ruidos muy raros en la habitación de la abuela.

¡slurp!

El león intentó que no fuera.

—Es solo la abuela, que estará picando algo —dijo Iris.

Pero ¿era normal que hiciera todos esos ruidos?

Iris miró por el ojo de la cerradura. ¿Qué **hacía** la abuela?

No se estaba comiendo los bocadillos, no: ¡los estaba metiendo en el enorme baúl!

Iris y el león se quedaron muy extrañados. Evidentemente, algo muy raro pasaba con aquel baúl. Pero, en ese momento, Iris no podía preguntarle nada a la abuela, porque se suponía que tenía que estar durmiendo.

—Se lo preguntaré mañana —decidió.

A la mañana siguiente, bien temprano, Iris fue
a despertar a la abuela.

—Tengo que mirar dentro de tu baúl
—le dijo.

Pero la abuela le contestó que era demasiado
temprano y volvió a dormirse.

Iris no podía esperar. Se acercó de puntillas y apoyó la oreja.
Oyó bufidos y ronquidos.

Lo que había dentro de ese baúl,
desde luego, no eran sombreros y otras cosillas.

Iris se subió a una escalera para echar
un vistazo. El león no las tenía todas
consigo y se le escapó un gemido.

–¡Shhhh! –susurró Iris–.
¡Que despertarás a la abuela!

Levantó un poco la pesada tapa
y echó un vistazo al interior.
Dentro había algo muy peludo.

¡Y gruñía!

El león saltó hacia el baúl.

¡GROARRR!

Cayó encima y el baúl se volcó.
De dentro salió . . .

Con tanto ruido, la abuela se despertó.

—¡Ay, madre mía! —dijo—. ¡Habéis descubierto a Bernard!

Y, por cierto —añadió—. ¿Eso no es un **león?**

¿Se puede saber **dónde** estaba escondido?

Bernard era un oso muy cariñoso y le gustaba dar grandes abrazos.

—Pensaba que te daría miedo —dijo la abuela.

—Y yo pensaba que tú tendrías miedo de mi león —contestó Iris.

Y los cuatro jugaron a disfrazarse con los sombreros y las otras cosillas que también habían caído del baúl.

—A Bernard le encanta disfrazarse —dijo la abuela.

De pronto, oyeron que un coche se detenía ante la puerta.
—¡Rápido! —dijo la abuela—. ¡Los papás han vuelto!
¡Vamos a darles una sorpresa!

Entonces, todos se escondieron detrás del sofá.
—¡Shhhh! —dijo Iris.
Y luego, cuando papá y mamá abrieron la puerta, los cuatro hicieron . . .

¡BUUU!

¡Menuda sorpresa se llevaron los papás!

A Frieda, la verdadera Iris

Título original: *How to Hide a Lion from Grandma*
Traducción: Roser Ruiz.
1.ª edición: noviembre 2014

© 2014 Helen Stephens
   Publicado por primera vez en el Reino Unido por Scholastic Ltd.
© Ediciones B, S.A., 2014
   para el sello B de Blok
   Consell de Cent, 425-427 - 08009 Barcelona (España)
   www.edicionesb.com

Publicado por acuerdo con Scholastic Ltd.

ISBN: 978-84-16075-16-4

Impreso en Malasia - Printed in Malaysia